佐野洋子 文
北村裕花 絵

ヨーコさんの"言葉"
ふっふっふ

講談社

もくじ

その５　理想の子供なんか一人もいない　77

その６　年寄りは年寄りでいい　95

その７　ラブ・イズ・ザ・ベスト　113

その８　鳥が空をとんでいても気の毒には思わない　133

その９　今日でなくてもいい　155

本書は、ＮＨＫの番組「ヨーコさんの”言葉“」を書籍化したものです。

その1　私の風呂戦争

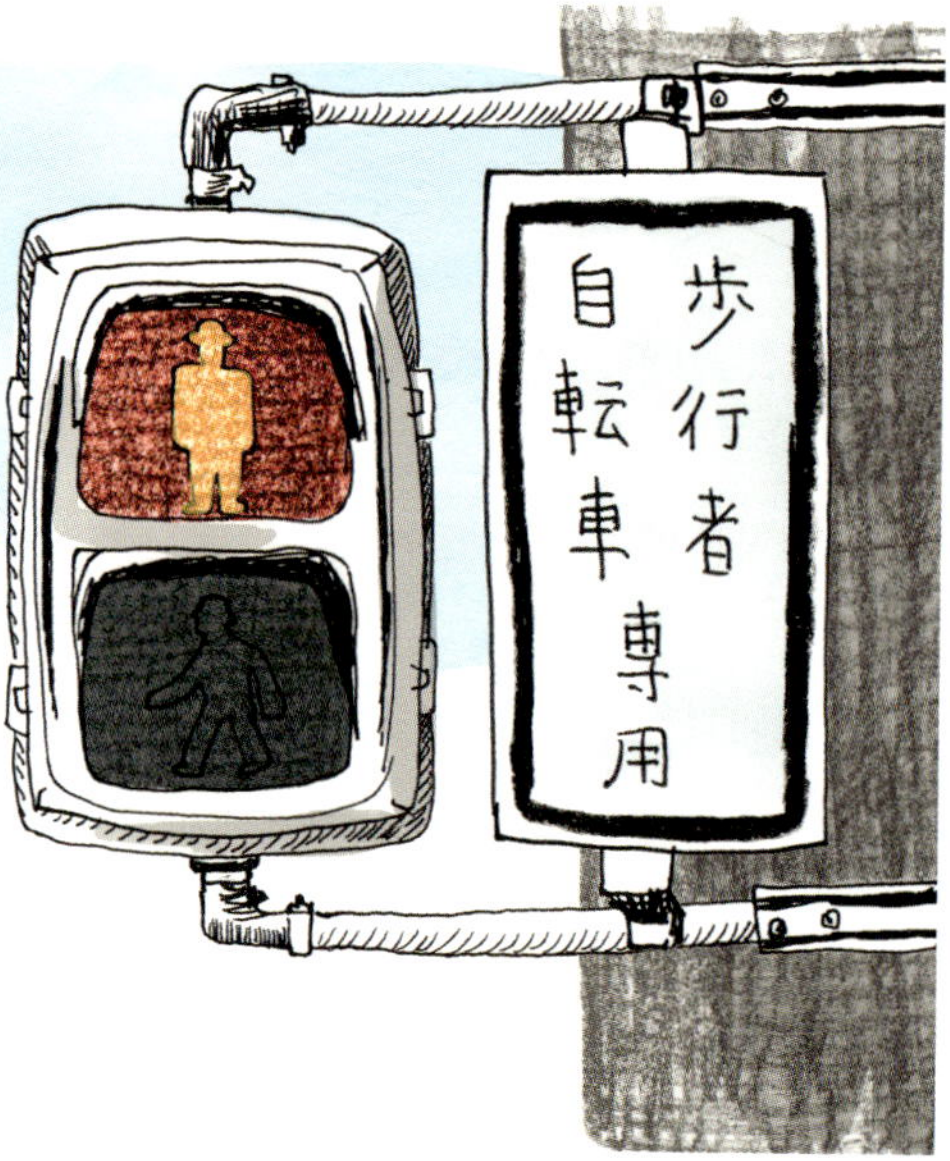

人には
それぞれ流儀がある。

人それぞれの流儀を
流儀として認められれば、
もうこれは人格者ですね。

ともすると、人間は自分の流儀に
他人をひきずり込もうとする。

なに大したことはない、
お風《ふ》呂《ろ》のことですけどね。

息子は風呂が嫌いで、
私は大変苦労した。

よちよち歩きだす頃、
つかまえようとすると、
風呂に突っこまれると
わかるらしくて、
逃げ回る。

それでもその頃は
わきにひっかかえれば
こっちのものだった。

それが、
小学校五年生くらいになると、
断固風呂に入らなくなった。

風呂に
入らないだけではない、
顔も洗わないし
歯もみがかない。

髪の毛にくしをいれようなどと、
手を頭にのっけただけで
狂ったように怒りだす。

「朝起きたら、
顔を洗って歯をみがく、
人間だったら当然でしょう。
猫じゃあるまいし」

「何故《なぜ》」

「何故ってあなた」

私は絶句する。

何故って言われても困る。

「汚いでしょう」

「汚くて困るのは俺じゃん」

「とにかく礼儀です。
一体なんで、起きて顔洗うことが
そんなに大変なことなの」

「だって、そんなことしてたら、
習慣になってしまうじゃん」

私は恐ろしい絶望感と不安に
つき落とされた。
私の悩みは深かった。

それでもいたちごっこのように、
「顔洗った？」
「歯みがきなさい」
とお経のようにくり返した。

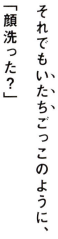

ところが、中学生になるやいなや
息子は、遅刻しても朝
髪を洗うようになったのだ。

今度は私は風呂場の前で、
「ねえあと七分しかないよ」
と足をふみならし
両手をにぎって
どなるようになる。

中学生のくせに
ブランドにこりだして、
学校を早退して
バーゲンに行ったりする。

私は毎日泣いていた。
だって私の財布から
金抜いていくんだもん。

高校生の終わり頃に、
ガールフレンドができた。

パタリとつきものが
落ちたようになって、
普通の唯《ただ》の人になり、

「母さんすいませんが
ちょっと金貸してください」
と正常である。

あの長い風呂戦争は
一体なんだったのか。
一体子育てとは
なんだったのか。

風呂のように目に見えるもののほかに、
有形無形の長い戦いをしてきたが、
育ってしまえば、
子供は子供の流儀で生きていく。

私は胃を痛めたり、
身をよじって
泣いたりする必要が
あったのだろうか。

太っ腹に、
どーんと大らかに笑っていても、
子供は子供の流儀を
見つけていったのでは
ないだろうか。

すべてすんだことである。

その2　ふっふっふ

夫婦げんか
というものを
よくやるのですね、
車の中で。

道に迷うのね。
すると相方が、迷いながら
ニコニコしている
ということはあまりない。

いや長い間、
私は自分は性質が悪いから、
相手が無能でうすのろで、
ガンコだと思うのだと
反省することだってあった。

しかし見たこともない
田んぼの真ん中では、
ただ逆上するのみだった。

「さっき道の電信柱に、
桜ヶ丘四丁目って
書いてあったよ」

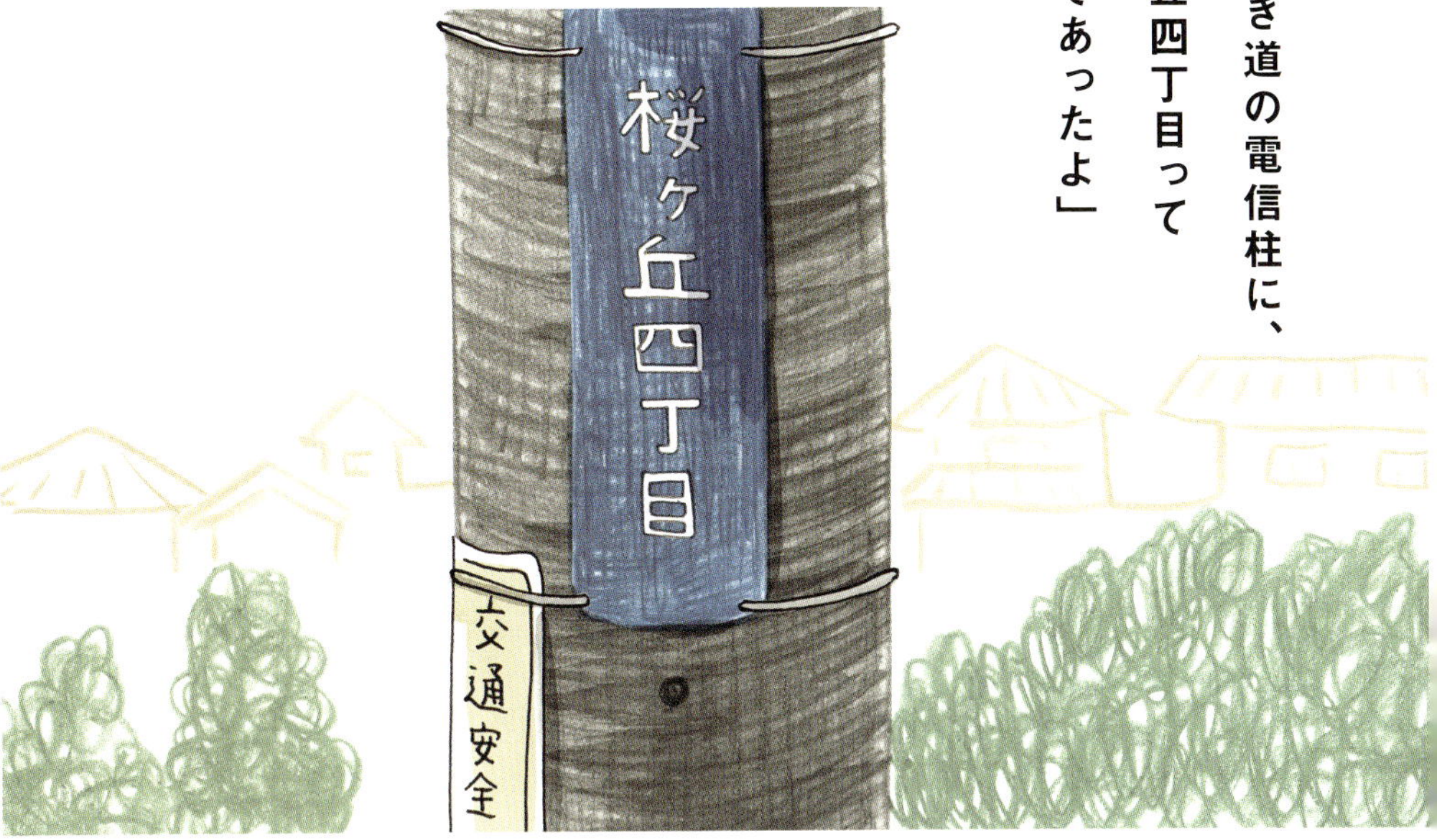

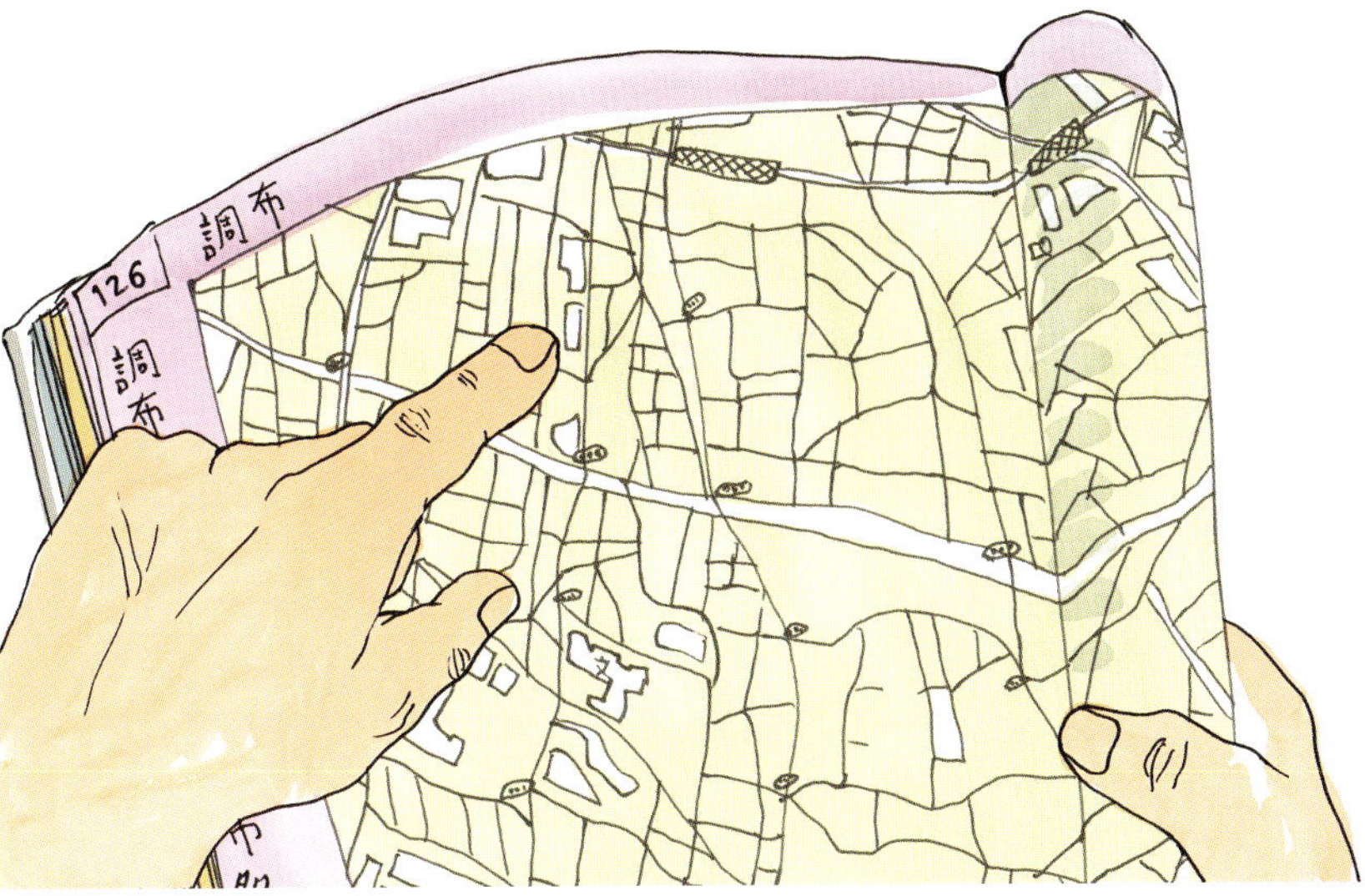

「いや、地図によれば、
ここは調布駅前のはずだ」

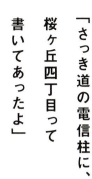

「あんたばかじゃない。
へーここが駅ですか。
駅が、
じゃがいも畑なわけ」

「ばかやろう、
文句言うなら地図に言え」

「だから、さっき、ガソリンスタンドで
聞けばよかったのよ」

「じゃ自分で運転しろ」
「するわよ」

そして、私は誰かれかまわず、
チョコチョコ車を止めて
聞きまくる。

そしてすうーっと
目的地につくのね。

相手は憮然《ぶぜん》として、
一言もものを言わない
ということがよくあった。

二十《はたち》の息子とその恋人に聞いた。
若い人たちは、違うのかと
思ったのである。

「この人、道に迷ったら
人に聞く？」

「全然、
すごくいらいらする。
絶対に聞かないの。
人に聞いた方が早い
と思いません？」

「あんたなんで聞かないの」
「やじゃん」「なんで」「やじゃん」
「だからなんでやなのよ」
「自力ではいあがりたいじゃん」

「そんな大げさなことじゃないですよねー」

「けど、地図と正しい道がぴたっと合った時、すげえ気持いいぜ。それに俺、道に迷うの嫌いじゃないし」

「何、それ。
男のこけんなわけ」

息子はしばし沈黙し、
「それもある」
と少し恥ずかしそうに笑うのである。

「男のプライドって
そんなせこいもんなわけ。
もっとここ一番ってところに
つかうもんじゃないの。ねぇー」
と私は二十の娘に同意を求める。

息子は「ふっふっふっ」
と不気味に笑った。
（わかっているけど、
やじゃん。死んでも俺、
聞かないと思うぜ）と、

その「ふっふっふ」は
ガンコを重しにして、
テコでも動きそうにないのである。

男って、地図という観念というか
抽象化された世界に、
現実を近づけたいのね。
ピタッと合うことを信じているのね。

観念と現実が合わないと
狂暴になるか、
憮然とするかなんだ。

女は現実あるのみである。
信じるものは、
ここはここである
という認識で、

それもテコでも
動かないのである。
女だって笑ってやる。
「ふっふっふ。
もー聞きまくってやる。
今そこ歩いている人に」

その3　たかがゴミ袋

私もうんざりだから
言いたくないの。
ゴミ出しなんて
ささいなこと、

お茶わん洗うの洗わないのって
みみっちいこと、
でもささいなことの
つみ重ねが生活なの。

誰かが生活支えなくちゃ、
世の中つぶれるの。
つぶれて泣くのは
女じゃないの、男なの。

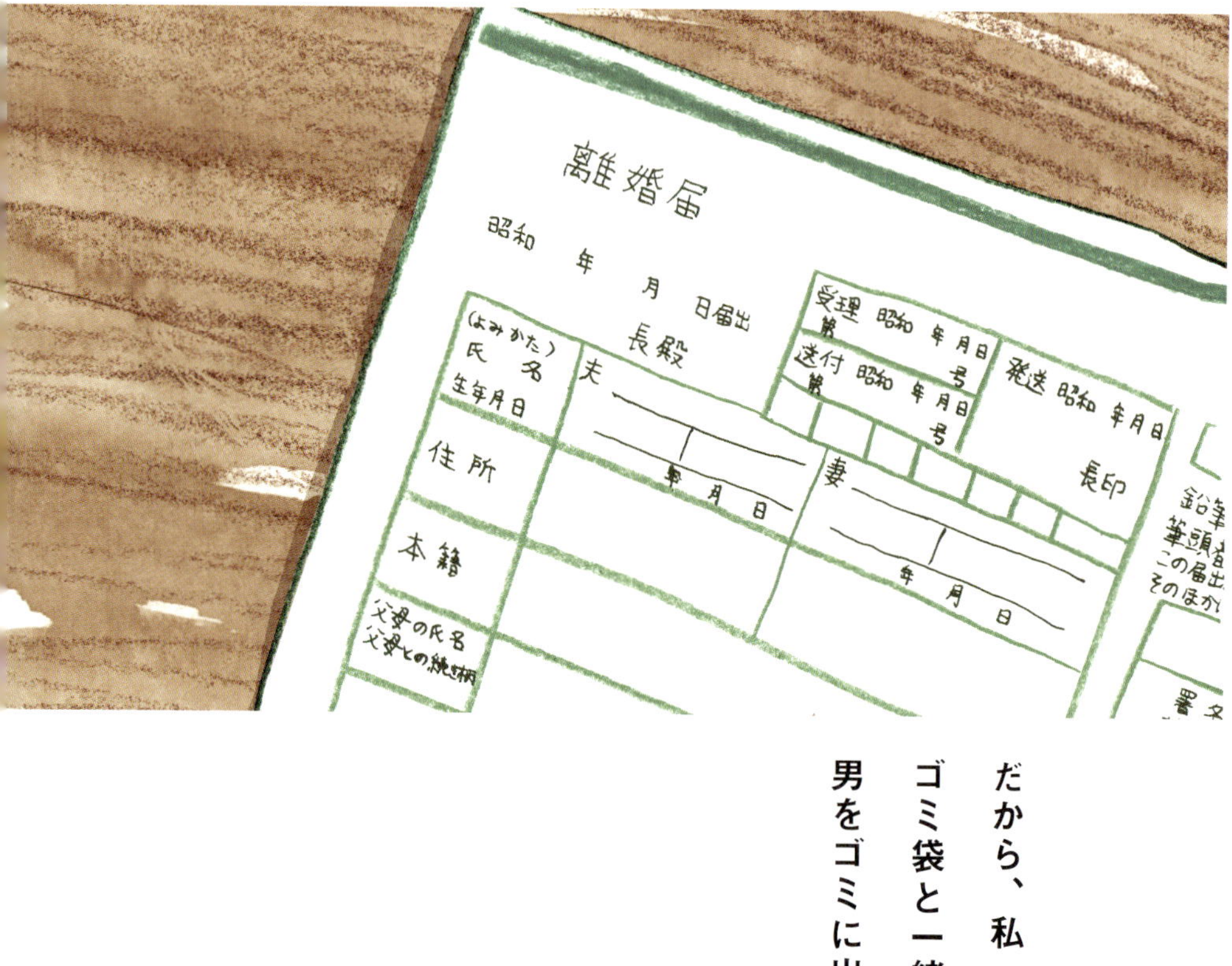

だから、私
ゴミ袋と一緒に
男をゴミに出してしまったの。

本当はそんな、
むごい鬼ババみたいなこと
したくなかったの。

ゴミ男は、
十数年にわたって
毎朝毎朝ゴミ出ししてって言わないと
ゴミ出さなかったの。

何でも言うと、お母さんに
言いつけられた子供みたいに
素直にやるの。

でも一回だけなの、
覚えるってことがないの。

時々カンニン袋の緒が切れて
私がボロ雑巾《ぞうきん》みたいに
荒れ狂うと

無邪気な顔して、
「ヨーコ、家事嫌いなの」
って言ったの。

おう、おう、
言ってやろうか、
家事なんか
大嫌いだよ。

一年や三年、五年は好きだよ、
気まぐれにやるんだったら
おもしれえよ、

お客が来た時だけ、料理と
ソージして花飾るんだったら
張り切ってやるよ。

仕事の息抜きだったら
文句言わないよ。

言ってやろうか、
仕事なんか
誰がやめても誰も困らんよ。
すぐ代えがきくの、

自動車の運転手だって、
社長だって
すぐあと誰かが
ちゃんとやるの、
誰も死んだりしないの。

でも母ちゃんが
ストライキ起こしたら
子供は飢え死にするの。

茶わん洗わないと
永久に同じところで
ほこりかぶって
動かないの。

私だって、
つまらん仕事しているって
わかっているの、
ごたいそうなことは何もないの。

だから、仕事だなんて
威張らないの、
威張れるような仕事って
あんま世の中ないの、

少なくとも、母ちゃんに
仕事させている男は、
ゴミ袋くらい
言われんでも出しなさい。

病気の時くらいはなんの心配もさせずに、
ゆっくり休ませてあげなさい。

つつがなく日常が回っているのは、
天然自然がやっているんじゃないの。
誰かが、やっているの。

本当にこんなけちくさいこと
言いたくない。
それに私もう、関係ないからね。
でも、言うの。

生活を支えている女が、
病気の時も飯作ることもしない男に

ブツブツとメタンガスのような
不満とうらみと憎しみを持って生きているの
放っといちゃいけないの。

男の人って
女よりずっと善い人達だから、
当面は、妻が機嫌が良ければ
何も問題がない。

妻の機嫌を良くするなんて
カンタンなの。

落っこっているゴミは
誰かが捨てなければ
百万年も
同じところにあるってこと
わかるだけでいいの。

みみっちいけど、大切なの。

その4　二〇〇五年夏

私は韓流ドラマに
身をもちくずした。

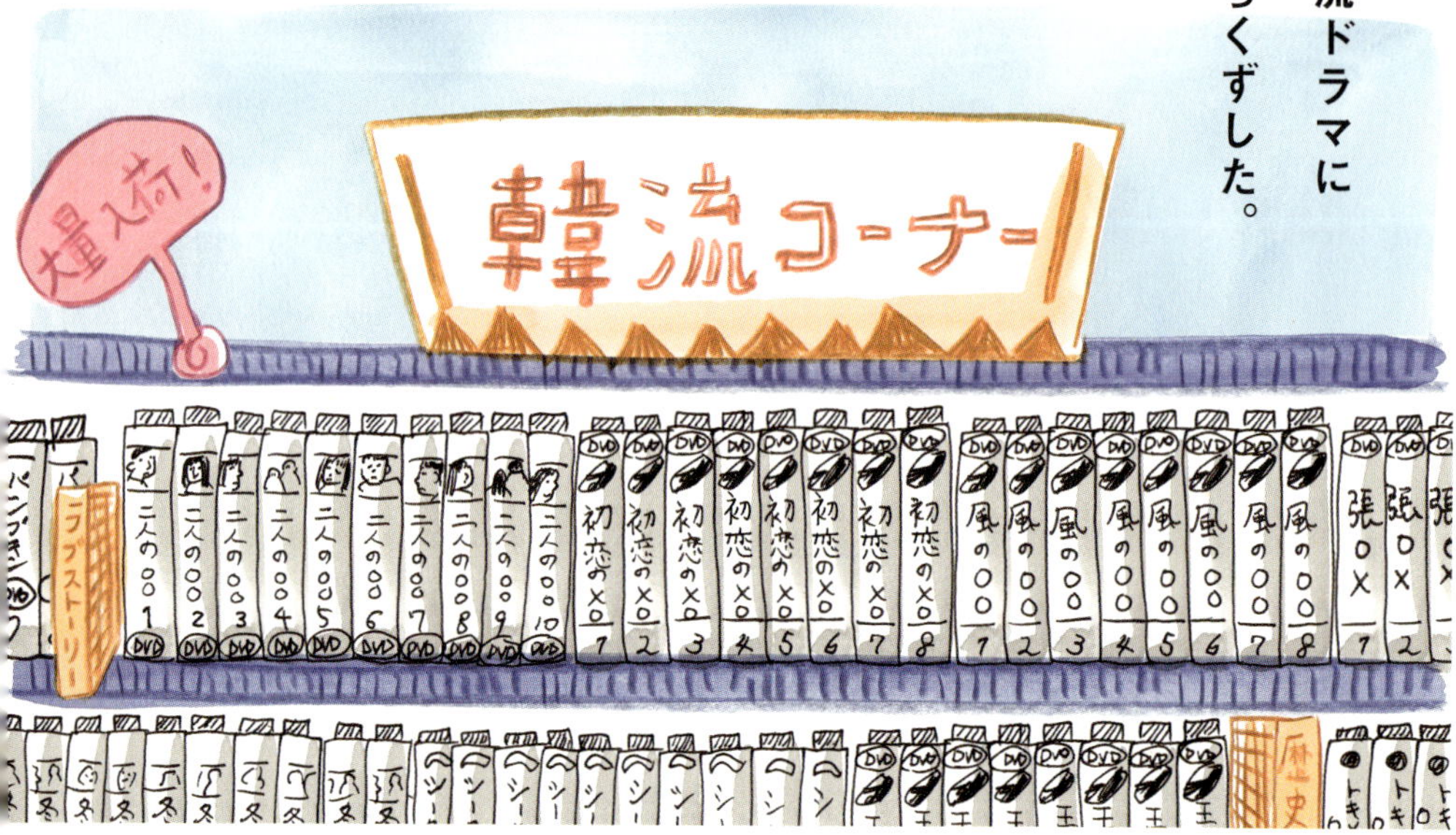

ブランドに狂ったこともなく、
美食に走ることもなく、
旅行もめんどくさく、
男あさりをしたこともない。

映画もビデオ屋で
借りて見ていた。

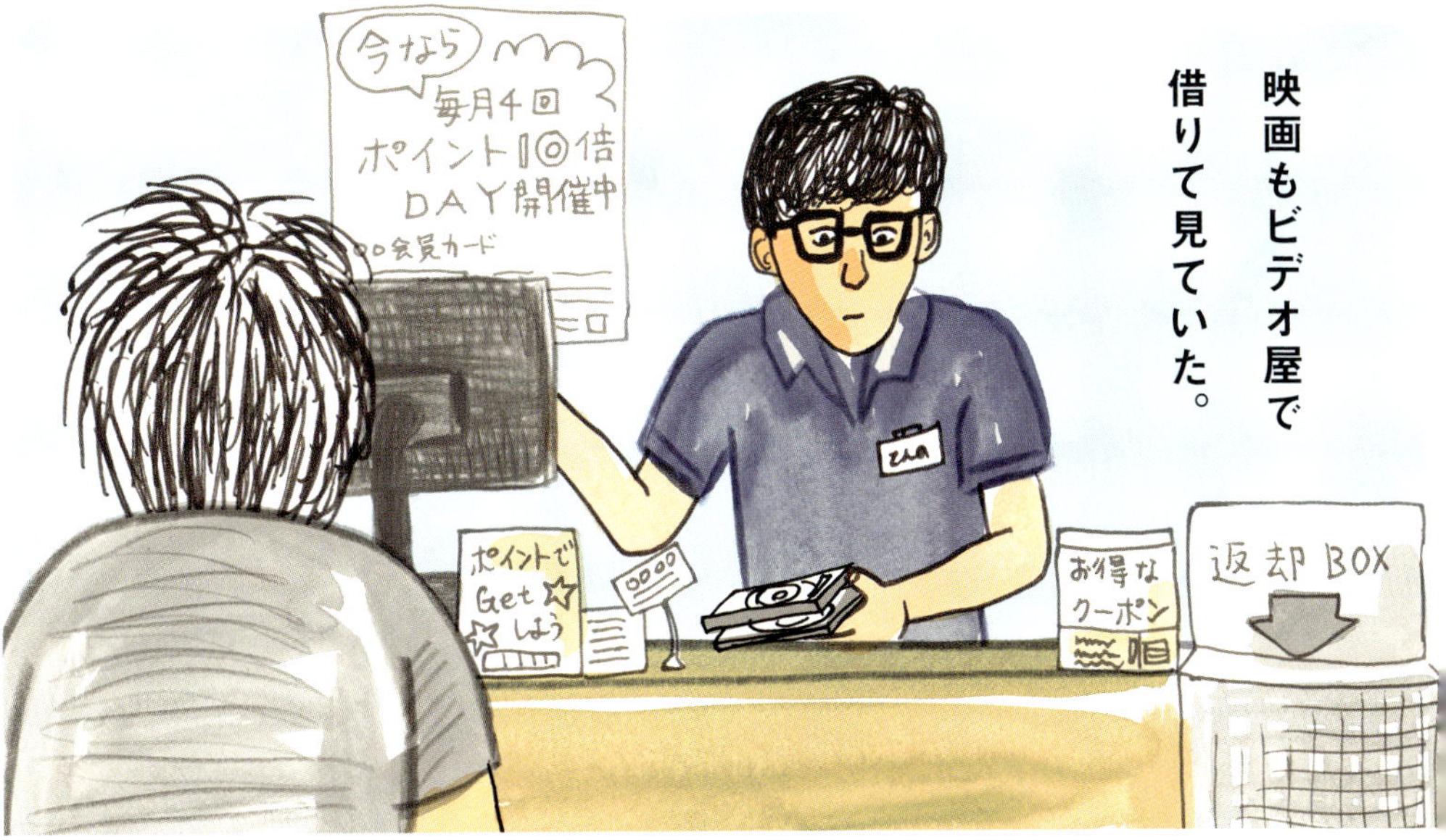

しかし「冬のソナタ」DVDが
家にあって、
ヨン様がうちにいてくれると
安心してから、
ボックスごと次々に
購入し始めた。

私の周りはオペラに行こうの、
能を見に行こうの
というような女ばかりである。

誰かと韓流で盛り上がりたいが、
ハ、ハ、ハ、と笑われるばかりで、
孤独で
しかし幸せであった。

昨年停年になった親しい編集者が、
真面目で堅そうで、
教養高い難しそうな女が、
はまった。

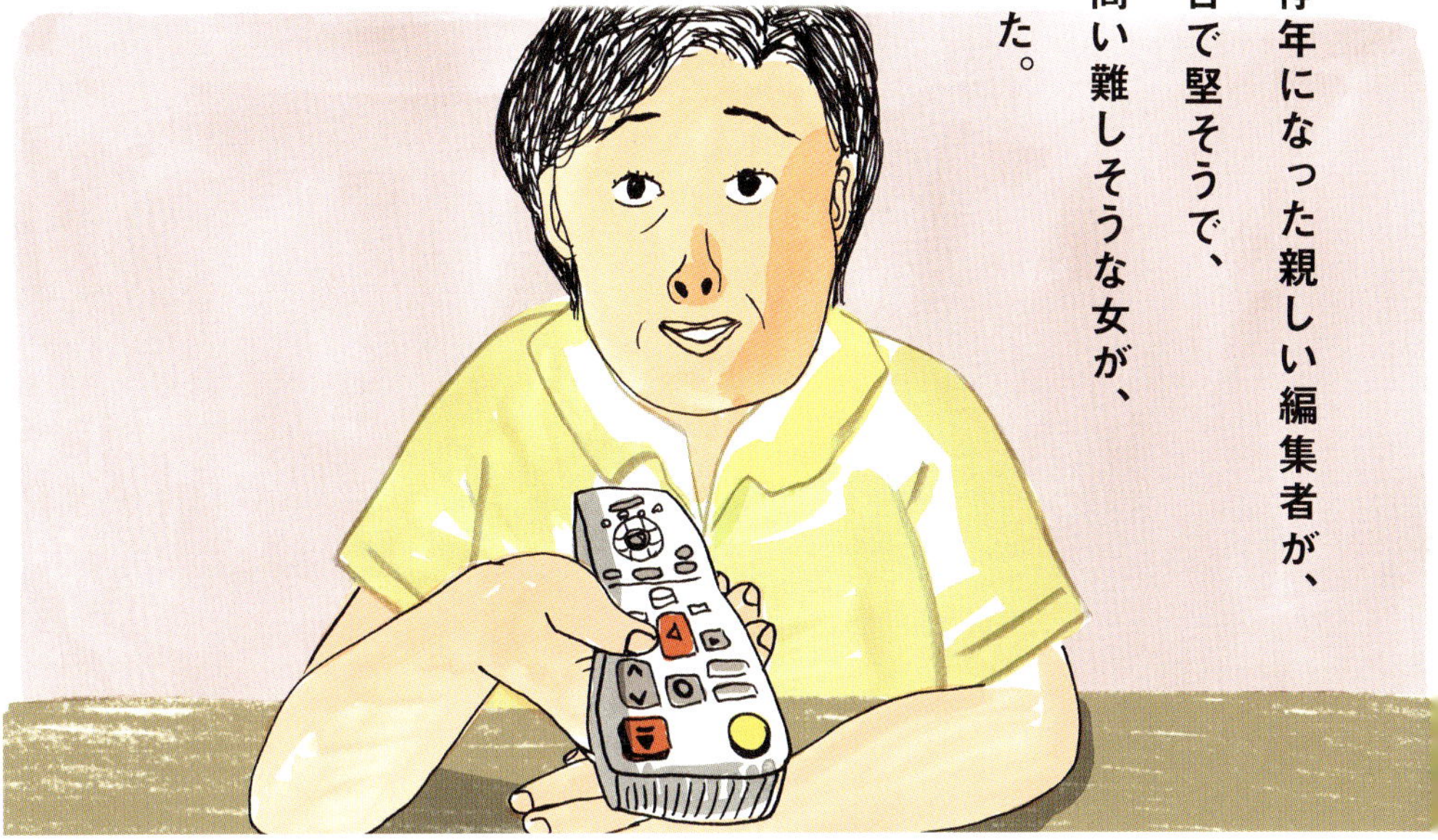

彼女は、ヨン様の後ろ姿が
好きだった。

私はイ・ビョンホンの左唇が
口を開く時、
はじのうす皮が
くっついたままの瞬間が
好きだった。

するとある日、
中国人のタンタンさんが、
韓国に行きませんか
とさそってくれた。
「冬のソナタ」の
雪の並木道は
若葉が光っていた。

日本のオバさんでいっぱいだった。

宣伝に踊らされたわけでもなく、
えらい評論家に
そそのかされたのでもなく、

オバさんたちは自ら発見し、
地中のマグマのようにどーっと
韓流ドラマを押し上げたのである。

オバさん達は
淋しいのである。
やることがないのである。
そして人生は
もう終わりかけて
いるのである。

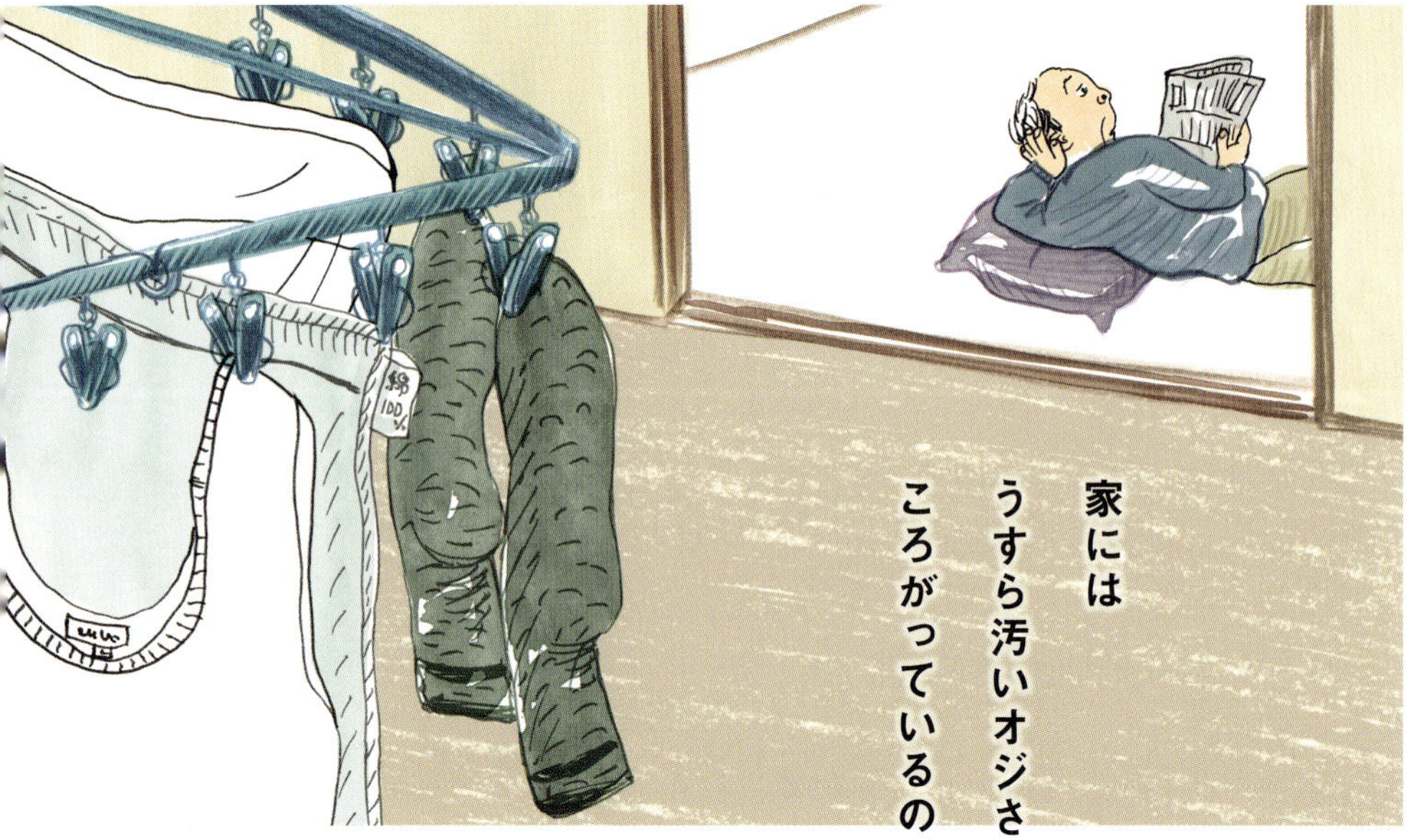

家には
うすら汚いオジさんが
ころがっているのだ。

半端な恋ごころで、あるいは
親の言うとおりに見合いなんかで結婚して、
燃焼し切れない見果てぬ夢に気づいたのだ。

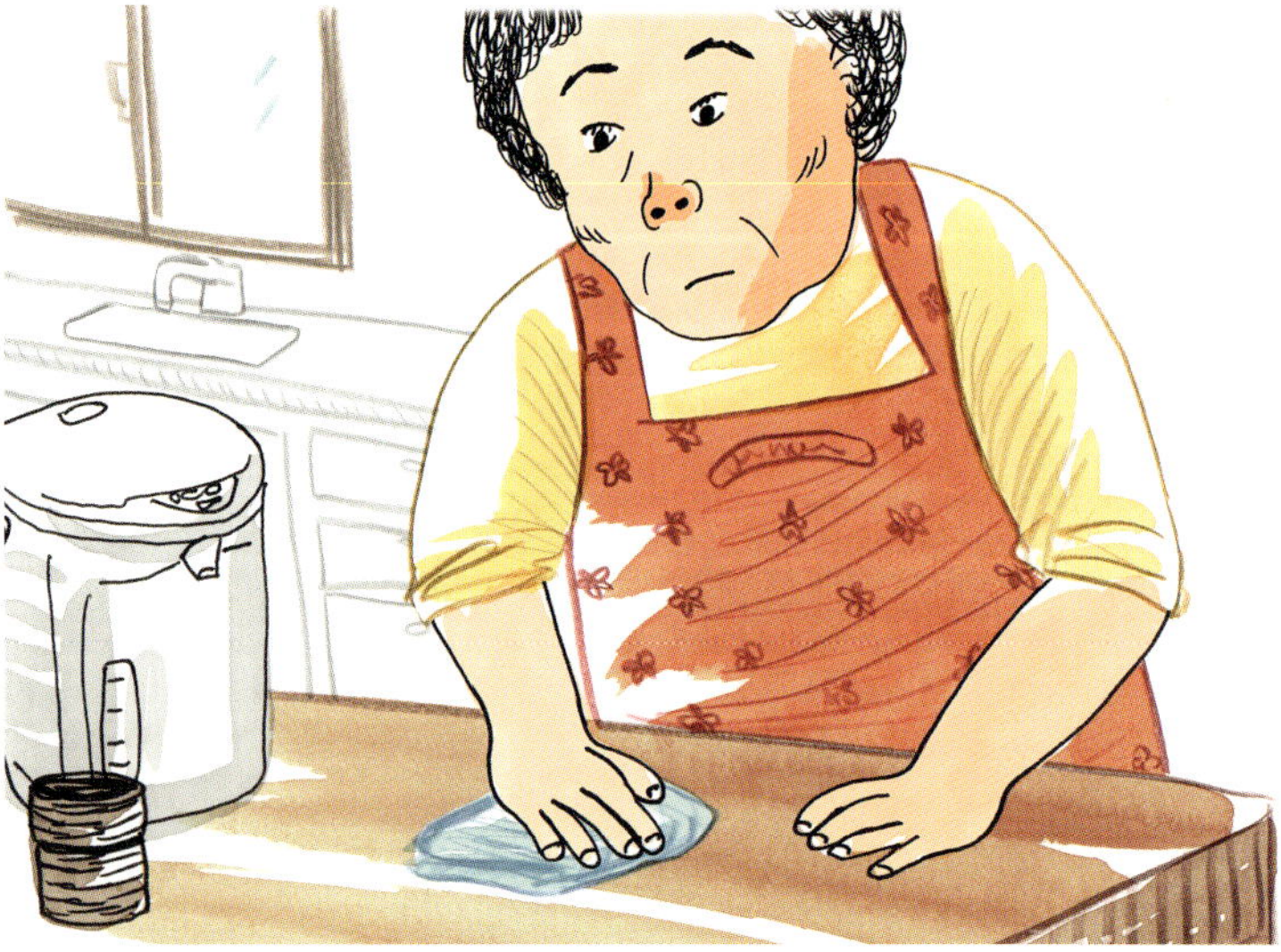

かつては熱烈な恋でゴールインしても
熱烈は持続しない。

でも気持は
もうこれでもかと満たされたい。
それも二人から命がけで
愛されたらどんなもんだろう。

そして大方のドラマは
セックスレスである。
首をさしちがえに抱き合うのが
ほどよいのである。

そして日本の男が
恥ずかしいと思うようなことを
平気で
堂々とやっちまうのだ。

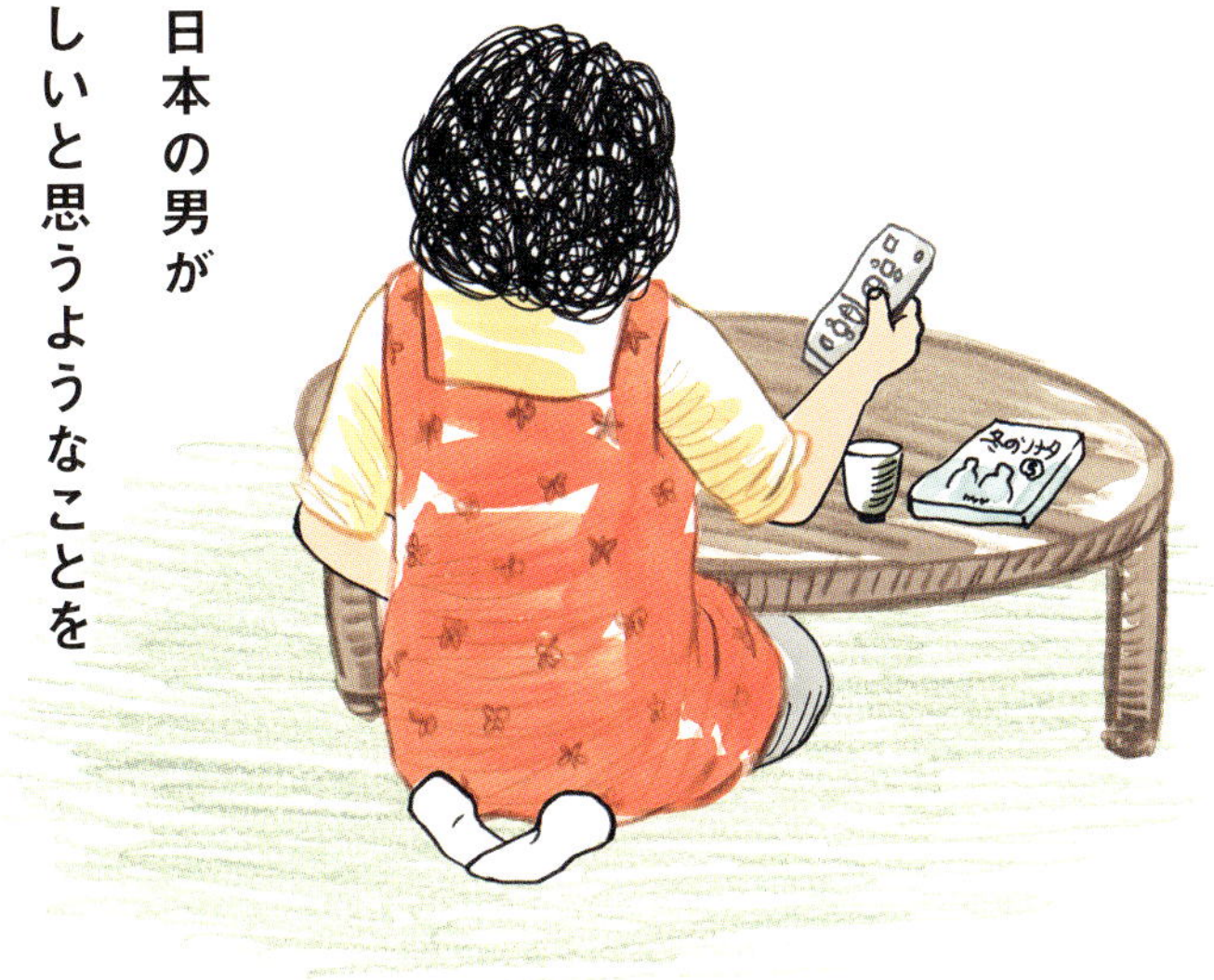

バラをハート形に置いてくれるとか、
事故って昏睡におちいりながら
名前をよんでくれるとか。

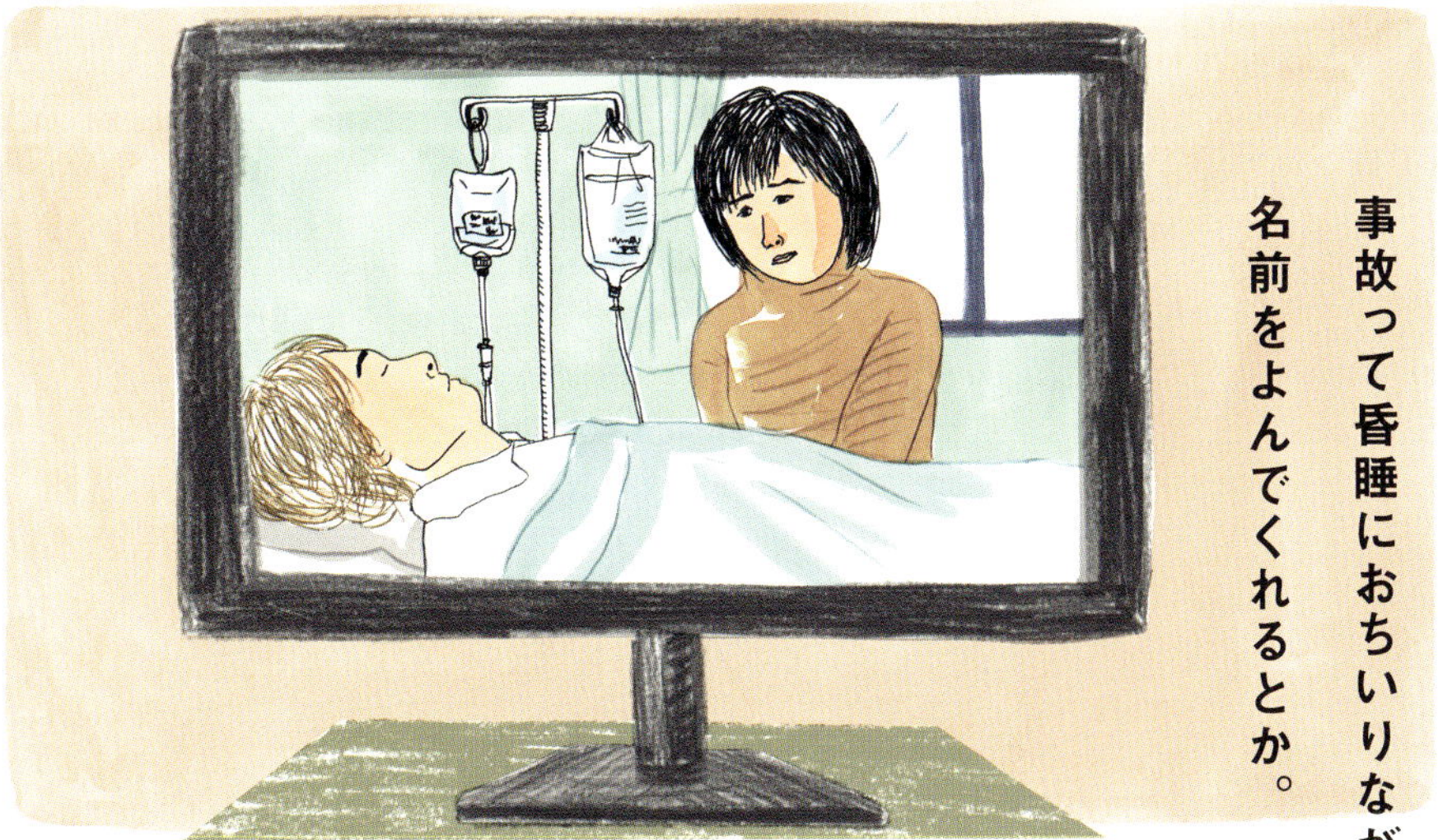

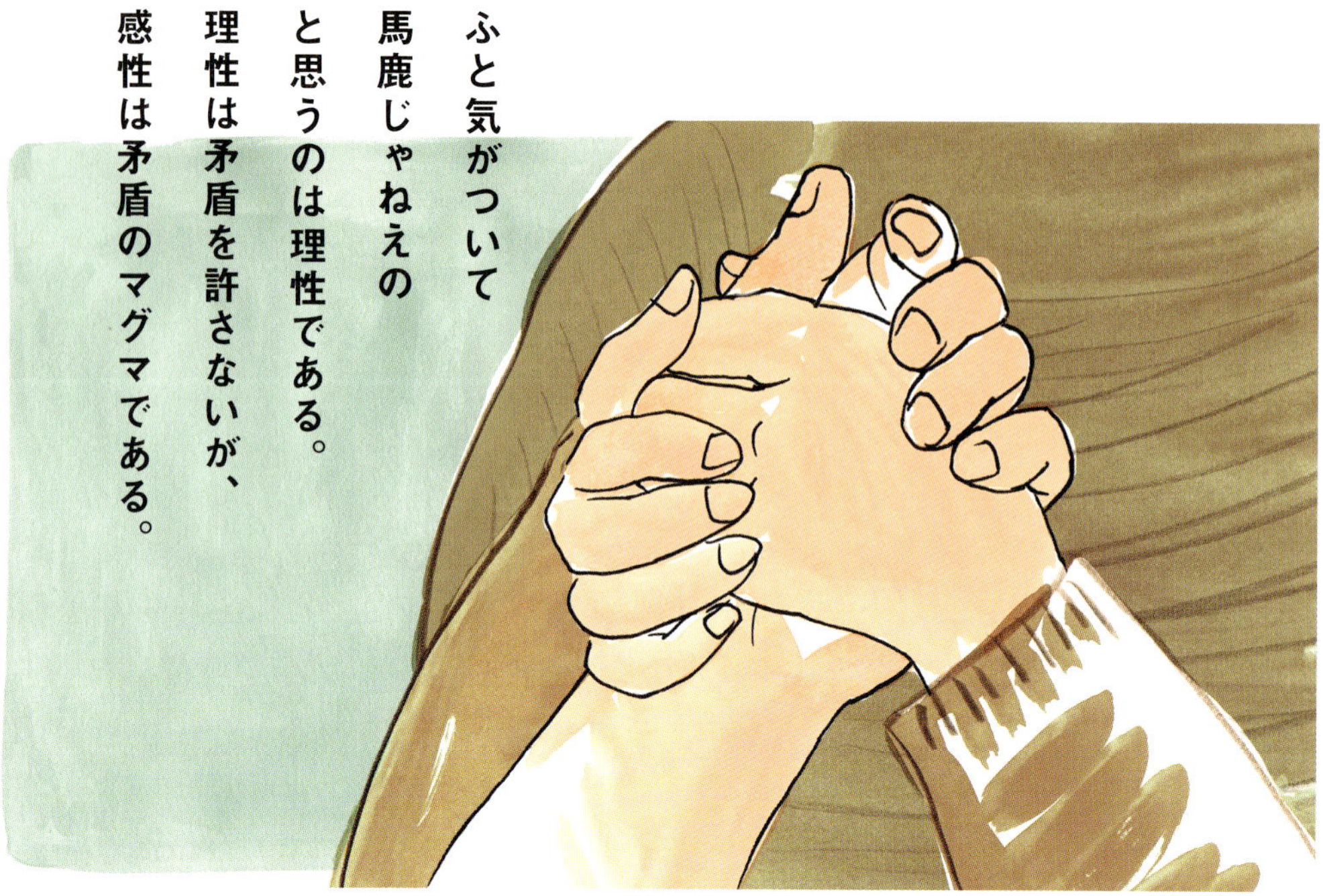
ふと気がついて
馬鹿じゃねえの
と思うのは理性である。
理性は矛盾を許さないが、
感性は矛盾のマグマである。

何でもいらっしゃい、
どんどんいらっしゃい。

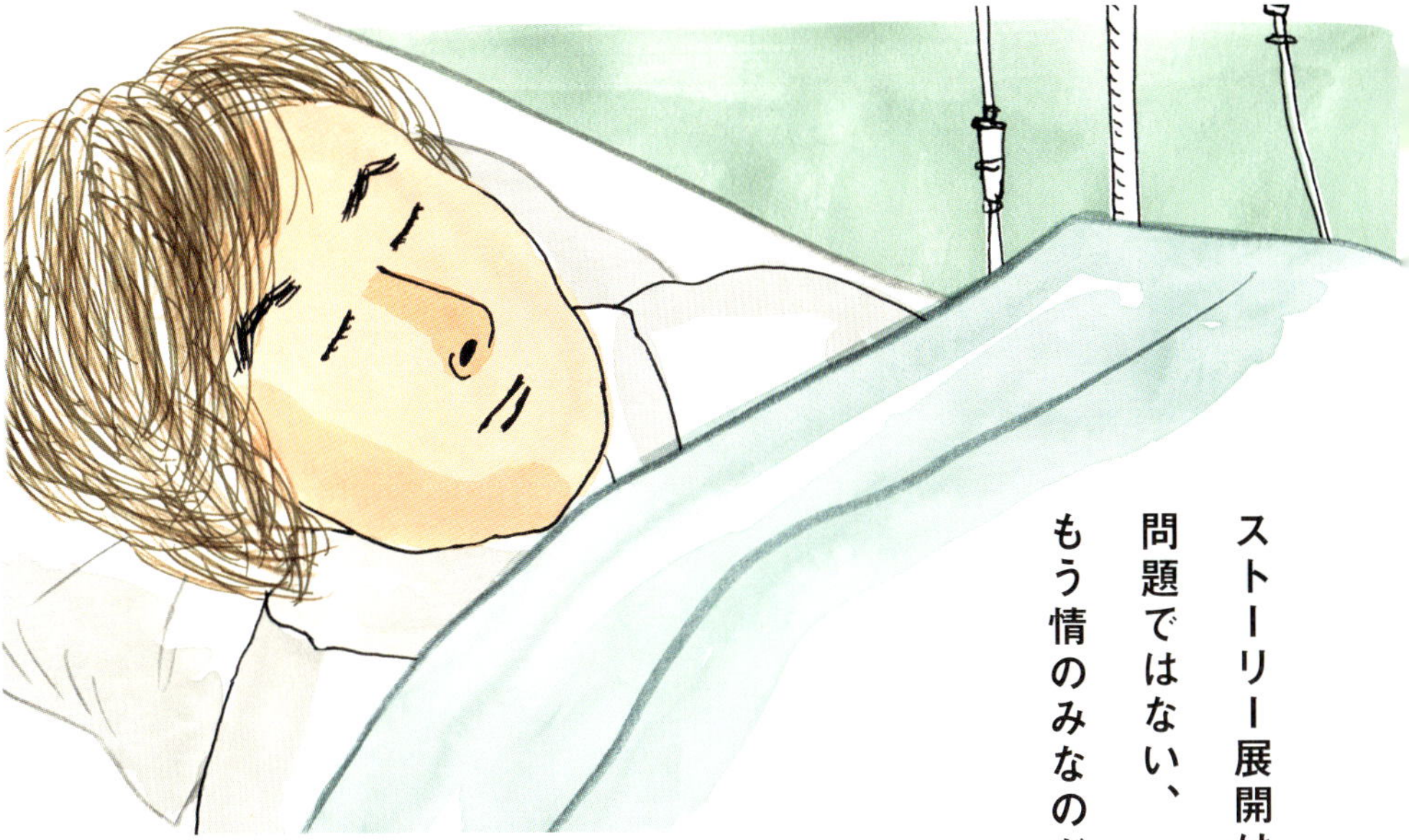

ストーリー展開は
問題ではない、
もう情のみなのだ。

恋人同士の恋情の強さ、
家族愛の強烈さ、
友人同士の自己犠牲、
もう情をとことん使い抜くのだ。

私はオバさんである。
オバさんは無意識である。

使われなかった気持の袋が
空っぽだったことも気がつかなかった。

韓流ドラマを見て、
気持の袋に
見果てぬ気持をドバドバ
注ぎ込まれたのである。

その5　理想の子供なんか一人もいない

小学校三年生の時の教師は
十八歳の女の代用教員だった。

日本中が貧しくて、
しらみがどの子の頭にも
住んでいた。

その中でもひときわ
たくさんしらみのいる
女の子が側に来ると

十八の先生は
「キャー汚い」
と逃げたのである。

私たちも当然、大っぴらに
「キャー汚い」と逃げ回ったが、

首をたれてじっと私たちを見た
あの女の子の目を
私は決して忘れることが
できなかった。

小学校六年生の時の男の教師は
よく男の子を張り倒していた。

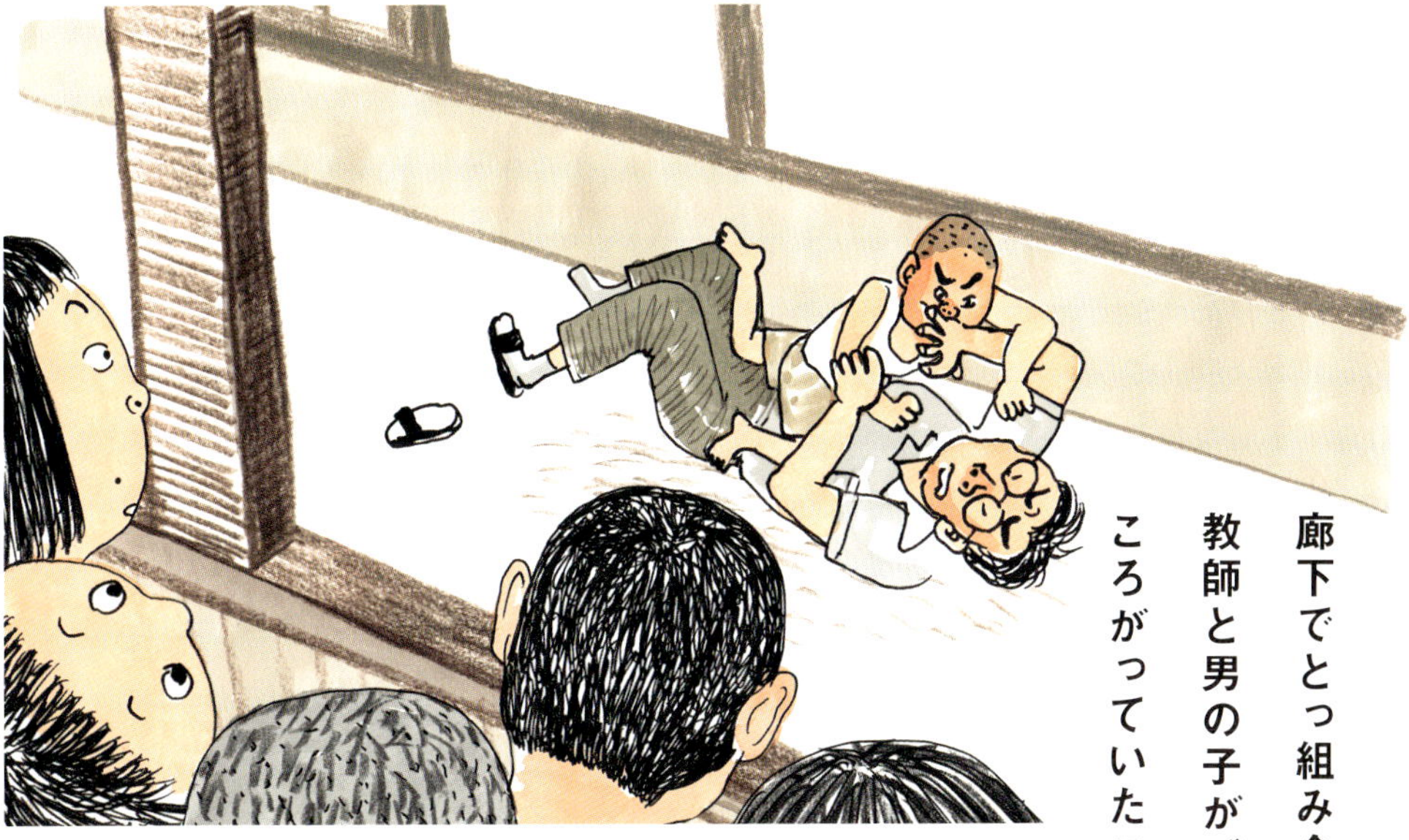

廊下でとっ組み合って
教師と男の子がゴロゴロ
ころがっていたこともあった。

大人になってから
同窓会があった。
三十男と還暦を迎えた教師が
向かい合って酒を飲んでいた。

「廊下で頭をこづかれて、
あんときは痛かったぜ」

教師も男も笑い
私たちも笑った。
なぐり倒しも
どれほどのことも
なかったのか。
いつかは
笑い話になるのか。

しばらくして私の前に
別の男が来て言った。

「俺はあん畜生を
一生許さねえぜ。
何かっていえば
なぐりやがって」

彼が特別教師に
目のかたきにされていたとは
思っていなかった。
みんな似たりよったりだと
思っていた。

彼は成功して
工務店の社長になっていた。

「俺はあん畜生になぐられたから、
うちの若いもんに絶対手を出したことはねえ。

かならず言い分を聞く。
どんな奴にも言い分はあるんだ。
暴力って奴は
いいことはなにもねえ」

同じ行為が受け手によって
まったく違う意味を持つのだ。
こだわり続けることで
自分を創る人もいれば、
流すことで
生き続ける人もいる。

私たちは教師によって
育てられたのではない。

自分で生きてきたのだ。
それぞれの力で。
それぞれの魂を持って。

「あそこんちの子、ぐれているのよ。
うちの子に近よらないで欲しいわ」
と言う母親に、

私は「それがどうした」
と心の中でどなっている。

なんにも変わっていない。
「キャー汚い」
と逃げ回った十八の教師と
同じではないか。

理想の子供なんか
一人もいないように、
理想の教師なんてのもいない。
思い通りになんかならないのだ。
お互いさまなのだ。

生涯の導き手になるような
教師に出会えたら幸運である。
しかし出会えなくても
不運とも言えないのである。

あん畜生のようにはなりたくねえ
と思わせることができるのも
人間だからである。

それぞれが自分の中に
生き続ける力を持っている。
それぞれの異なった魂が
生き続けるのだ。

その6　年寄りは年寄りでいい

年月に逆らう生き物が
いるだろうか。

がんばっているのは
屋久島の屋久杉くらい
ではないだろうか。

しかしあれは
がんばっているのではなく、
天寿のまっとうを生きているのである。

しかし人間は
年月に逆らって生きるのが、
値打ちがあるらしく
いつの間にかなった。

テレビを見ていると、
広告だけのチャンネルなどある。

ほとんどが、美容、
それもいかに年月の
ゴマカシをうまくやるかに
つきていると思う。

整形など、なんのうしろめたさもなく、
どしどしと結構かわいい子なんかも
しているらしく、

私の横で
「あれ鼻整形」
「これコラーゲン注入」
などと叫ぶ整形評論家の
オバさんもいる。

なるほどみんなかわいい。
大体普通の女の子に
ブスがいなくなり、
足もどんどん
長くなっていって、

おしゃれも世界一
力をこめているのでは
ないだろうか。

日本は平和で素晴らしい。

九十過ぎのジイさんが
冬山に死にものぐるいで登ったり、

海の中にとび込んだり、
鉄棒で大車輪をやったりする。

そして年齢に負けない、
と大きな字が出てくる。

私はみにくいと思う。
年齢に負けるとか勝つとか
むかむかする。

年寄りは
年寄りでいいではないか。

実に若々しい女を知っている。
六十近いが、
十歳は若く見える。

中身はもっと若い。
そのへんのネエちゃんと
同じである。

「ねエ、六本木ヒルズ行った？」
「表参道ヒルズ行った？」

行くわけがねエだろ。

その女は
年齢相応の中身は
外見と同じに
無いのである。

私は七十になるが、
それなりに人生を生きてきた。
赤貧《せきひん》を洗ったし、
離婚もした。

回数は言わないが、
くっつくのはなんの苦労もいらないが
離れるのは至難《しなん》の業《わざ》と、
とんでもないエネルギーで
ぶっ倒れる。

一生の一瞬の光が
人生の永遠の輝きである
こともある。
そして人は疲れる。

引力は下から来るから
皮膚は下方に向かって
落ちてきて、
七十年も毎日使えば
骨だって痛む。

しかし、しわだらけの袋の中には
生まれてきて生きた年齢が
全部入っているのである。

西洋は若さの力を尊び
東洋は年齢の経験を尊敬し、
年寄りをうやまい
大切にする文化があった。

そして静かに年寄り、
年寄りの立派さの見本が
いつもいた。

私はそういう年寄りになりたい。

その7　ラブ・イズ・ザ・ベスト

野本さんは、毛皮のコートを着て
叔母の家の四帖半のこたつに
あたっていた。

きれいにのばした爪《つめ》に
赤いマニキュアの白い手で

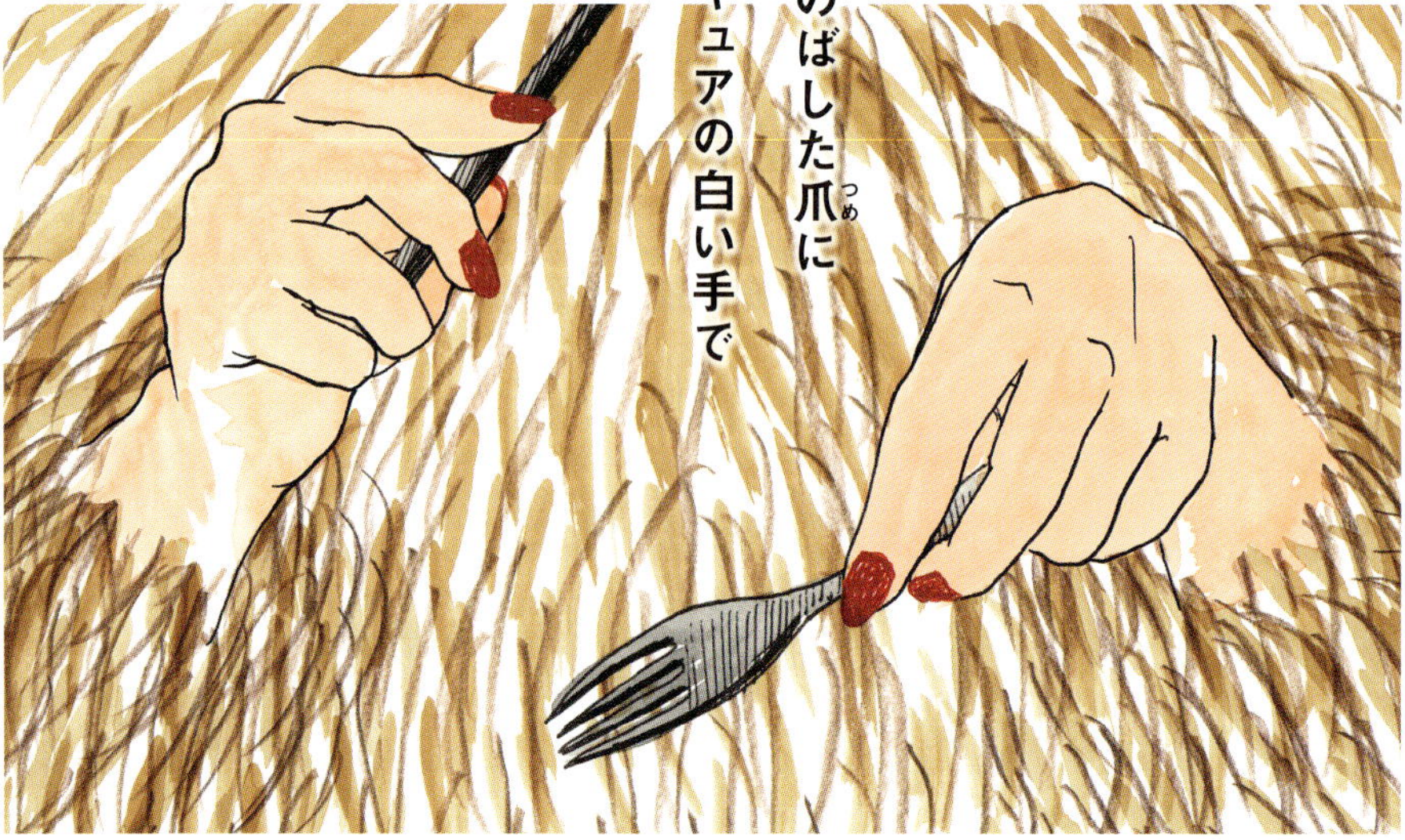

りんごに手をふれないで
皮をむく方法を教えてくれた。

「あなた、どうして
子供産んだのよ」
叔母は時々、驚くほど率直だった。

野本さんの子供も
従妹《いとこ》と同じくらいの年齢になっており、
叔母は十年以上の年月の間で
初めてその質問をしたらしかった。

「だって、わたくし、
ラブ・イズ・ザ・ベストって
思ってましたもの」

二人っきりになった時、
叔母は私に言った。

「あの人はね、女学校の時、
金持のお嬢さんだったのよ。

お父さんが亡くなってから、
野本さんが一家全部
養ってきたのよ。

終戦の時が十九よ。
十九の女がどうやって養うのよ。
仕方なかったんだわよね」

私も十九だった。
街には進駐軍の兵隊を見かける
ことはもうなくなっていた。

それから
何年も過ぎた。

「野本さんどこにいると思う？」
「銀座のバーじゃないの」
「熱海。あの人
お運びさんになったのよ。

そしたらすぐ女中頭になっちゃったんだって。
外国の偉い人を政治家が
招待する時使う素晴らしいところよ」

「どうして素晴らしいとこか
知ってるの」
「この間行ったのよ、

あの人愛してたのねェー」
「誰を？」
「きまっているじゃない。
海へ行ったらね、水さわって、

ああ、この海アメリカまで
続いているのねェーって言うのよ」

それからまた
数えたくもない
年月が流れていった。
私は熱海に
友達と遊びにきていた。

隣が、叔母に聞いていた
野本さんがつとめている
旅館だった。

大きな玄関で、縞《しま》の着物を着た
野本さんに私は抱きついた。
長い年月が私を抱きつかせた。

野本さんはコーヒーを
ロビーに運んでくれた。

「母が、去年亡くなりましたでしょ。
もうわたくし、思い残すこと
何もございませんのよ。

娘はアメリカで
二人子供がいますでしょ、
わたくしもうおばあちゃん。

わたくし幸せなの、
ここで働けるだけ働いて。
ここにもう十七年なのよ。

下働きもできなくなったら、
年金でさっぱり暮らして、
そのあとは施設に
ごやっかいになるの」

「野本さん、いくつになったの」
「あら、ご婦人に向かって
失礼なことよ。六十四歳です。

私どうして幸せか
おわかりになる？
本当に愛した人の子供を産んで
育てたことよ。

それがあるから、
もう何もいらないのよ。
他のものはあっても
邪魔なものばかりよ。

今年の夏は
アメリカに行って
娘たちに会ってきます」

お母さん
元気にしていますか？
しばらくぶりですね。
子供達も大きくなりました。
年はアメリカに

その8　鳥が空をとんでいても気の毒には思わない

生き物の中で、
猫ほど人間にとって
丁度よいものが
あるだろうか。

大きさが、
本当に丁度いい。
大きすぎず小さすぎず
持ち上げて
重くなく軽すぎない。

なめらかで
やわらかい毛をなでていると
平和な気持になれる。

その上キャンともほえない。
かすかににゃあーと言うくらいで、
音もなく歩いてくれる。

どこに行っても野良猫がいるが、
ちょっと気の毒になったりする。

鳥が空をとんでいても、
気の毒には思わない。

猫は人間と
永い間仲よく
やって来た
生き物である。

猫は犬よりも馬鹿なのか
勝手なのか、

犬のように、
人間に愛されることや
役に立つことに情熱を
持っていないような気がする。

犬は私がタバコを買いに
行く時でさえ、

これが今生《こんじょう》の別れかと思うほどの
悲し気な目付きをする。

買って帰ってくると、

南極から生き返ってきた人を
迎えるように嬉《うれ》しがる。

男ができたての
もてない女みたいである。

猫は散歩につれていかなくても
勝手に出ていくし、
けものくさくない。

いつも体中をなめ回して
身ぎれいである。
本当によくできている。

猫一匹が
家の中にいるということに
感激することがある。

家は人がいない時死んでいる。
帰って、電気をつけ、
がたがた歩き回って始めて、
家は生き返る。

しかし猫が一匹その中で
生きていてくれると、
生き物一匹がいるということで、
家は生き続けている。

私は猫のことは
何ひとつわからない。

ものを言わないし、
家にいない時、猫が外で
何をしているのか知らない。

いつか、
家から少し離れた林の中で、

うちの猫が、
四角い石の上にのって
おごそかに座っていたのを見た。

その石は、
桜の木の下にあり、
花が満開であった。

おごそかに
泰然としていたので、
猫がその桜の木の
所有者のように見えた。
私は感心して
少し卑屈な気持になった。

それから
何をしているのだろう。
私の知らない所で。

猫は美しい形と
体の動きを持っている。
私は猫ほどエレガントに歩く人を
知らないし、
猫ほど美しい瞳を
持った女も知らない。

そして猫ほど
静かな女もいない。

猫から見たら、
人間はドタドタと騒々しく
むやみにでっかい生き物では
ないだろうか。

その9　今日でなくてもいい

アライさんちに
大人の傘より
大きい葉っぱの
蕗《ふき》がある。

背の高いサトウ君でさえ、
コロボックルみたいに見えた。
小さいマリちゃんは
ものすごく可愛い妖精みたいだ。

昨年の夏三人で
一本ずつもらってかついできた。

サトウ君は巨大蕗に執心して
「あれ、もらえないかな、
うちに植えたい」と言うので

「もらってきてあげよう」
と私は自信満々にうけあった。

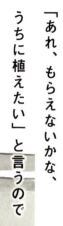

お正月にマコトさんの
お父さんが亡くなった。
ずっと具合が悪かったそうだ。

マコトさんは風呂にも
一緒に入ってやっていた。

「もう二時間おきに小便だぜ。
わかったけど、本当は小便じゃないのヨ。
淋しいんだよな」と言っていた。

マコトさんは
とても立派な
葬式のあいさつを
したそうだ。

「私は常に親父の背中を見て
育ち生きていた」
と読み上げる時、
自分で泣いてしまったそうだ。

私は子供の頃父親が、

「日本の家族制度は残しておくべきだ」

と言っていたのを覚えている。

百姓の七男で、
馬、牛、以下の扱いを
うけていた父が言うのが
不思議だった。

数日前、大きなお葬式があった。
小学校の校庭くらいの広場に
車が何百台もとまっていた。

死んだ人はマコトさんちの
親戚筋の人で
もう九十過ぎた人だった。

大きな建設事業を
一族で経営していて、
死んだ人が創業したそうだ。

その亡くなったおじいさんが、
一族にしたわれていたのは
並々ならぬものがあったそうだ。

マコトさんが
「俺
考えちゃったよ。
もう一族
何十人が、
わァわァ
泣いているんだよ」

「泣きまねとか、
芝居とかっぽいの？」
根性悪の私は言う。

「俺冷たい息子だったのかなあ。
あの家族は
生きていて欲しかったんだよ。
俺なんか、どっかほっとしたもんな」

当然ではないか。
私なんか
老人ホームに母を捨てた。
捨てたと思っている。

そう言えば、
九十七歳の友達の母親が、

「もう充分生きたわ、
いつお迎えが来てもいい。
でも今日でなくてもいい」
と言ったっけ。

いつ死ぬかわからぬが、
今は生きている。
生きているうちは、
生きてゆくよりほかはない。

生きるって何だ。
そうだ、
明日アライさんちに行って、
でっかい蕗の根を
分けてもらいに行くことだ。

それで来年でっかい蕗が
芽を出すか出さないか
心配することだ。

そして、
ちょっとでかい蕗のトウが
出てきたらよろこぶことだ。

いつ死んでもいい。
でも今日でなくてもいい
と思って生きるのかなあ。

収録作品の出典
『役にたたない日々』（朝日文庫）より、「二〇〇五年夏」
『でもいいの』（河出文庫）より、「ラブ・イズ・ザ・ベスト」
『覚えていない』（新潮文庫）より、「たかがゴミ袋」
『ふつうがえらい』（新潮文庫）より、「ふっふっふ」「私の風呂戦争」
『神も仏もありませぬ』（ちくま文庫）より、「今日でなくてもいい」
『問題があります』（ちくま文庫）より、「年寄りは年寄りでいい」
『私はそうは思わない』（ちくま文庫）より、「鳥が空をとんでいても気の毒には思わない」
「理想の子供なんか一人もいない」

佐野洋子　さの・ようこ

1938年、中国・北京で生まれ、終戦後、日本に引き揚げました。1958年、武蔵野美術大学に入学。1967年、ベルリン造形大学でリトグラフを学びます。著書の絵本では、ロングセラーとなった『100万回生きたねこ』（講談社）や第8回講談社出版文化賞絵本賞を受賞した『わたしのぼうし』（ポプラ社）ほかがあります。童話にも、『わたしが妹だったとき』（偕成社）第1回新美南吉児童文学賞受賞作などがあり、そのほかに『ふつうがえらい』（新潮文庫）をはじめとするエッセイも執筆、『神も仏もありませぬ』（ちくま文庫）では第3回小林秀雄賞を受賞しました。2003年、紫綬褒章受章。2010年、永眠。享年72。

北村裕花　きたむら・ゆうか

1983年、栃木県に生まれました。多摩美術大学を卒業。2011年、絵本作家としての初期作品『おにぎりにんじゃ』が第33回講談社絵本新人賞佳作に。そのほか絵本には、『かけっこ かけっこ』（講談社）、『ねねねのねこ』（絵本館）、『おにぎりにんじゃ おこめがはまのけっせん』（講談社）、『トンダばあさん』（小さい書房）などがあります。

ヨーコさんの“言葉（こと ば）”　ふっふっふ

2018年 1 月23日　第1刷発行
2018年12月26日　第2刷発行

著者	文 **佐野洋子**（さ の ようこ）　絵 **北村裕花**（きたむらゆう か）
監修	小宮善彰 ＮＨＫ広報局制作部チーフ・プロデューサー
ブックデザイン	帆足英里子 古屋安紀子（ライトパブリシティ）
発行者	渡瀬昌彦
発行所	株式会社講談社
	東京都文京区音羽2-12-21　郵便番号112-8001
	電話 編集 03-5395-3522
	販売 03-5395-4415
	業務 03-5395-3615
印刷所	株式会社新藤慶昌堂
製本所	株式会社国宝社

© JIROCHO, Inc. 2018
© Yuka Kitamura 2018
© NHK 2018
定価はカバーに表示してあります。落丁本・乱丁本は、購入書店名を明記のうえ、小社業務あてにお送りください。送料小社負担にてお取り替えいたします。なお、この本についてのお問い合わせは、第一事業局企画部あてにお願いいたします。本書のコピー、スキャン、デジタル化等の無断複製は著作権法上での例外を除き禁じられています。本書を代行業者等の第三者に依頼してスキャンやデジタル化することは、たとえ個人や家庭内の利用でも著作権法違反です。複写を希望される場合は、事前に日本複製権センター（電話03-3401-2382）の許諾を得てください。
Ⓡ〈日本複製権センター委託出版物〉
Printed in Japan, ISBN 978-4-06-220908-3
N.D.C.924 175p 21cm